谜语大全

中央电视台《中国谜语大会》
策划兼首席评委

郑育斌 ◎ 著

机械工业出版社
CHINA MACHINE PRESS

序

蒙曼

猜谜语真是一件有趣的事。小的时候,在我们的启蒙教育里,不仅有"鹅鹅鹅,曲项向天歌。白毛浮绿水,红掌拨清波",也有"麻屋子,红帐子,里面住个白胖子"。前者我们把它叫作诗,仿佛很高雅;后者我们把它叫作谜,仿佛很世俗。其实雅和俗之间,哪有那么清晰的界限。不信的话,你把骆宾王那首《咏鹅》的前三个字"鹅鹅鹅"去掉,不就成了一个动物谜吗?"曲项向天歌,白毛浮绿水,红掌拨清波。"是不是该猜"鹅"呢?可能有人会说,那不一定吧,还可以猜天鹅,或者是白色的鸭子。总之,答案似乎并不唯一。这个说法还真没错,谜语本身就是民间口头文学的一分子,它朗朗上口,妙趣横生,但并不是那么精确,不像灯谜那样,要求答案的唯一性。

一旦说到"谜语"和"灯谜"这样极具专业性的词汇,就不得不说说本书的作者郑育斌先生了。我认识郑先生,是在2014年央视播出的《中国谜语大会》上。那时候,我知道一点儿关于谜语和灯谜的历史典故,但并不会猜谜,而郑先生则是这方面的专家,他不仅精于猜谜,还精于制谜,随口编一条谜,就能难倒我们这些外行,让我对自己的智商高度不自信起来。尤为可贵的是,郑育斌先生并不恃才傲物,不仅从不炫技,而且擅长"自黑",总追着我们学普通话,还兼任了节目组的茶艺师。这样的儒雅君子谁不喜欢?于是,郑先生的"港版普通话"就成了大家的公共笑料,郑先生也成了我们的好朋友，还成了我个人的好老师。正是从郑先生那里，我知道了谜语是事物谜，而灯谜则是文义谜；谜语更喜闻乐见，而灯谜更考验脑力。我还知道了若干猜谜的原则和技巧，也有了一点儿给《中国谜语大会》当嘉宾的信心。就在这样愉快的合作中，三季《中国谜语大会》成功举办，我们也觉得友谊天长地久了。

今年，郑育斌先生跟我说，他要出一本《谜语大全》，随即给我寄来了部分书稿。翻开书稿，我不仅重新拾起了前几年一起猜谜的乐趣，还对郑先生有了新的了解。原来，郑先生是一位如此巧而韵的人啊。什么叫巧呢？你看他写动物谜，"毛柔齿利走无声，腰短尾长叫己名。白日酣眠无所事，夜间出没鼠儿惊。"这不就是猫吗？我是养猫的人，熟知猫的习性，毛柔齿利，行走无声，古人把柔而害物的人叫作猫，不也是因为它的这种特性吗？更妙的是"腰短尾长叫己名"，猫和喵是形声字，当猫叫起来的时候，那"喵喵"的声音，不正像在呼唤自己的名字吗？窃以为，能够一下抓住事物的关键就是巧，郑先生不养猫，但真是个巧人。那怎么又叫韵呢？因为郑先生的每一个谜语都是或用诗，或用词，或用汉俳的方式写成的，写得合辙押韵，而且饶有风致。比如他写云："天际任它游，似虎如龙也像牛，风刮难勾留。"这是汉俳的做法，但真有点儿小令的韵味，能让人产生一种情调感。这种情调，就是我所说的"韵"。既巧且韵，应该就能雅俗共赏了吧？

郑育斌先生的大作即将付梓，衷心祝贺的同时还暗暗希望书中能配上他的画，盖上他的印。谁让郑先生是个"通人"，什么都爱，什么都巧，什么都精呢！是为序。

自序

郑育斌

去年春天，资深编辑黄养成先生光临寒舍，约我出一本谜语专辑。说来惭愧，搞了半辈子灯谜的我，竟然从未创作过一则真正意义上的谜语作品。但黄养成先生的提议，唤起了我对孩提以来所接触谜语的美好记忆。经过一番考虑后，我答应了下来，因为我希望通过这本书，让读者在感受谜语艺术魅力的同时，弄清楚谜语和灯谜的关系，也借此机会让自己的创作灵感接受一次挑战。

中国的谜语，源于古代民间口头文学，是劳动大众集体智慧的结晶。现有史料表明，中国谜语至今有三千五百年以上的历史。

谜语和灯谜都是从古代的隐语、廋辞演变进化而来的。古代的隐语与廋辞均以隐喻或暗示的方式，用来向君主进谏，或相互之间斗智，或于公开场合暗通信息。也就是说，隐语、廋辞是谜语与灯谜的雏形。如上古时代的民谣《弹歌》，以"断竹续竹，飞土逐肉"隐喻制作弹弓、猎取野兽的过程，其性质就属于隐语。南朝文学理论家刘勰在《文心雕龙》中记道："自魏以来，颇非俳优，而君子嘲隐，化为谜语。"该书中还有"楚庄齐威，性好隐语"的记载。

谜语与灯谜虽然都是从古代的隐语、廋辞演变而来，但实质上分属谜文化的两大门类，有着明显的区别。那么，谜语与灯谜究竟有什么区别呢？简单地说，谜语通常指民间谜语，也叫事物谜，与之相对的灯谜，则称为文义谜。谜语通常是用朗朗上口的歌谣形式，让猜射者根据谜面所隐示的事物特征、功能和形状等，去寻求作为谜底的事物。而灯谜则是利用汉字的一字多音、一字多义、笔画结构形态及其变化特点进行创作，谜面一般比较简洁、精练，影射的是谜底事物的名称，而且要求只能有一个准确的答案。

在创作谜语时，我力求运用通俗易懂的语言，尽量避开生僻字，让作品更贴近普罗大众。而为了易于朗诵，谜面大多以七绝、五绝形式出现，如：

将军家住在山坡，惯战能征故事多。
褐色锦袍双凤翅，交锋获胜就飙歌。

谜底：蟋蟀

袋子随身背，威风不等闲。
战时轰堡垒，平日可开山。

谜底：炸药包

一小部分作品以填词形式进行创作，如：

调寄南歌子

入眼惊奇景，长天现彩披，我知仙女晾仙衣，雨霁云开红日欲临时。

谜底：虹

我还尝试运用汉俳形式创作谜语。汉俳是一种仿造日本俳句并用中文创作的小型律体诗，于20世纪80年代初期由学者赵朴初、钟敬文、林林等共同倡导而定型。下面这则谜语，就是运用汉俳形式创作的：

盛夏树端多，披着袈裟像什么？酷暑爱K歌。

谜底：蝉

在创作题材方面，除了选用大家熟悉的传统谜语素材，也尝试将"鸟箱""微信""U盘"等新生事物作为谜底，希望借此为谜语注入时代内涵，赋予谜语这一传统艺术新的生命力。

因时间仓促，水平有限，书中肯定会有很多不足与谬误，在此祈请读者、专家不吝赐教，以期再版时修订完善。

最后，特别感谢著名历史学者、中央电视台《百家讲坛》主讲人、中央电视台《中国谜语大会》《中国诗词大会》《中国成语大会》点评嘉宾蒙曼教授为本书作序！

丁酉初夏于厦门文心阁

目录

序
自序
动物谜语 ………………………………………………… 1
花卉谜语 ………………………………………………… 34
食物谜语 ………………………………………………… 37
日常用品谜语 …………………………………………… 39
文化艺术与学习用品谜语 ……………………………… 55
游戏与体育运动谜语 …………………………………… 60
人体谜语 ………………………………………………… 64
自然谜语 ………………………………………………… 68
音乐知识谜语 …………………………………………… 76
农林知识谜语 …………………………………………… 78
字谜 ……………………………………………………… 89
建筑与交通谜语 ………………………………………… 101
军事谜语 ………………………………………………… 106
四大名著谜语 …………………………………………… 109

动物谜语

目如电闪，声似雷轰。
威风凛凛，却怕武松。
（打一动物）

说来此物实稀奇，
囊大偏装在肚皮。
孩子于中能吃睡，
跳高跳远展雄姿。
（打一动物）

藏身落叶森林里，
视觉偏差嗅觉灵。
铠甲铮铮能掘洞，
敌来蜷缩作球形。
（打一动物）

落户安家南半球，
渔夫憨态乐悠悠。
身披燕尾衣装美，
双桨轻摇水上浮。
（打一动物）

动物谜语

眼斜体瘦有机谋，
凶猛奸刁旷野游。
东郭先生遭哄骗，
农夫布袋把它收。
（打一动物）

身手敏捷能蹿高，
好奇心重性尤淘。
更兼一对眼睛亮，
鼠辈见之无法逃。
（打一动物）

四足飞奔声势壮，
拉车驮货最辛勤。
睡眠吃草都为站，
曾跃檀溪救使君。
（打一动物）

耳大鼻长壮又高，
帮忙干活最辛劳。
盲人摸肚说如鼓，
称重曹冲船刻刀。
（打一动物）

动物谜语

lěng xuè lù rén jīng
冷血路人惊，
kào pá wú jiǎo xíng
靠爬无脚行。
shǔ wā tā ài chī
鼠蛙它爱吃，
dú yè kě shāng shēng
毒液可伤生。
　　dǎ yī dòng wù
　（打一动物）

lǎo tóu yī bǎ bái hú zi
老头一把白胡子，
lā zhe gōng zhōng xiǎo chē zi
拉着宫中小车子。
hēi dòu zhuāng mǎn yī dài zi
黑豆装满一袋子，
biān zǒu biān sǎ hēi dòu zi
边走边撒黑豆子。
　　dǎ yī dòng wù
　（打一动物）

qī shēn ān shù yī xiān sheng
栖身桉树一先生，
zuì mèng hūn hūn shì bù zhēng
醉梦昏昏世不争。
suī shì tiān zhēn hé hòu dao
虽是天真和厚道，
yě liú lǎn hàn huài míng shēng
也留懒汉坏名声。
　　dǎ yī dòng wù
　（打一动物）

tiào yuè ài dēng lóu
跳跃爱登楼，
shǔ bèi guān zhī shì dí chóu
鼠辈观之是敌仇，
xǐ liǎn bù shū tóu
洗脸不梳头。
　　dǎ yī dòng wù
　（打一动物）

动物谜语

xiǎo shí bú jiào dà guā guā
小时不叫大呱呱，
shān jiàn tián jiān shì lǎo jiā
山涧田间是老家。
xiǎo yǒu wěi ba wú dà tuǐ
小有尾巴无大腿，
dà shí yǒu tuǐ wú wěi ba
大时有腿无尾巴。
（打一动物）

xī qí lǎo shǔ huì fēi xiáng
稀奇老鼠会飞翔，
báo báo tiān shēng liǎng chì cháng
薄薄天生两翅长。
fā chū shēng bō néng yǐn dǎo
发出声波能引导，
yè jiān mì shí yě wú fáng
夜间觅食也无妨。
（打一动物）

wú qióng lì dà xìng wēn liáng
无穷力大性温良，
bù chī jiā yáo cǎo zuò liáng
不吃佳肴草作粮。
lā huò gēng tián tā jī jí
拉货耕田它积极，
bù cāi lǘ mǎ bù cāi yáng
不猜驴马不猜羊。
（打一动物）

dà xiǎo gāo dī yán sè yì
大小高低颜色异，
róng máo cháng duǎn yàng duō jiāo
茸毛长短样多娇。
měi féng shēng kè wāng wāng jiào
每逢生客汪汪叫，
ruò jiàn shú rén jiāng wěi yáo
若见熟人将尾摇。
（打一动物）

动物谜语

有翅不飞翔，
遇险将头巧隐藏，
行走在沙场。
（打一动物）

耳大且头肥，
一生无所为。
残羹和剩菜，
吃饱便安睡。
（打一动物）

嘴子尖尖尾细长，
白天总在洞中藏。
每逢黑夜邪心动，
臭名昭著爱偷粮。
（打一动物）

头部如羊脖子长，
丝绸之路美名扬。
多天挨饿寻常事，
沙漠之中整日忙。
（打一动物）

动物谜语

腿长毛厚耳三角，
捕鼠偷鸡本领强。
常假虎威惊百兽，
多疑秉性臭名扬。
（打一动物）

眼睛大，嘴巴宽，
雨天最喜把歌传，
田里捕虫本领专。
（打一动物）

眼圈乌乌脸颊圆，
生来酷似活神仙。
喜欢食竹攀岩石，
憨态娇痴爱睡眠。
（打一动物）

一朵红花头上开，
锦衣华丽不须裁。
啼声喔喔人知晓，
唤出朝阳每日来。
（打一动物）

动物谜语

性喜群居山地中，
头宽额扁骨偏隆。
凶残犹在狼之上，
强悍机灵自逞雄。
（打一动物）

庞大身躯世上奇，
群居家族不分离。
欲求巨兽体多重，
东汉曹冲早已知。
（打一动物）

性喜在沟河，
鸭儿应叫哥。
看它嬉水日，
红掌荡清波。
（打一动物）

盘起似车轮，
翻山不着痕。
有牙偏不用，
食物喜欢吞。
（打一动物）

动物谜语

cháng yá lì zhǎo jìn wēi fēng
长牙利爪尽威风,
xiù jué shén qí néng mì zōng
嗅觉神奇能觅踪。
cháng zhù gōng ān xún xiàn suǒ
常助公安寻线索,
zhuī táo pò àn jiàn qí gōng
追逃破案建奇功。
dǎ yí dòng wù
(打一动物)

guān zi hóng hóng bái liàn yī
冠子红红白练衣,
cháng cháng bó jiǎo yǒu xiān zī
长长脖脚有仙姿。
chéng qún jié duì shuǐ biān lì
成群结队水边立,
suī zài jī qún yí wàng zhī
虽在鸡群一望知。
dǎ yí dòng wù
(打一动物)

gāo chàng zhǎn xióng zī
高唱展雄姿,
wǔ gēng bào xiǎo shí
五更报晓时。
nào zhōng bú yòng bèi
闹钟不用备,
rì rì wú chā chí
日日无差池。
dǎ yí dòng wù
(打一动物)

wài mào yóu rú hǔ
外貌犹如虎,
shēn xíng què xiàng lí
身形却像狸。
zhuān mén zhuā lǎo shǔ
专门抓老鼠,
huó pō yòu tiáo pí
活泼又调皮。
dǎ yí dòng wù
(打一动物)

动物谜语

头小颈粗躯体高，
忍饥受渴耐操劳。
堪称沙漠英雄汉，
傲雪欺霜足自豪。
（打一动物）

草原山野逞凶狂，
性好偷鸡不胜防。
东郭先生曾救助，
恩将仇报岂能忘。
（打一动物）

体大不如狼，
凶横性更狂。
虽然存量少，
人类也该防。
（打一动物）

生长丛林里，
身形真像人。
东西能手执，
喜怒可传神。
（打一动物）

动物谜语

毛柔齿利走无声，
腰短尾长叫己名。
白日酣眠无所事，
夜间出没鼠儿惊。
（打一动物）

嘴尖耳小四肢短，
棘甲披身满是针。
吃鼠吞虫能耐大，
蜷成球状敌难侵。
（打一动物）

养在农家院，
毛多眼椭圆。
天生能护子，
下蛋叫声先。
（打一动物）

铁甲披身慢慢行，
温和秉性世无争。
纵然遇险绝招在，
头缩壳中何用惊。
（打一动物）

动物谜语

bǐng xìng xǐ wā dòng
秉性喜挖洞，
yǎn jing máo lǐ cáng
眼睛毛里藏。
zuǐ jiān yá zhǎo lì
嘴尖牙爪利，
zuì pà jiàn yáng guāng
最怕见阳光。
（打一动物）

tuǐ xì wěi ba cháng
腿细尾巴长，
duō yí jiǎo huá bù xún cháng
多疑狡猾不寻常，
piàn ròu yā nán fáng
骗肉鸦难防。
（打一动物）

qiào yìng dí nán qī
壳硬敌难欺，
dòng xué qī shēn sì zhǎo qí
洞穴栖身四爪奇，
yǐ lèi hǎo chōng jī
蚁类好充饥。
（打一动物）

chù chù yǒu ān jiā
处处有安家，
ěr duo cháng cháng dà bāo yá
耳朵长长大龅牙，
yǒu cǎo lè kāi huā
有草乐开花。
（打一动物）

11

动物谜语

栖息在田畦，
臭气巧排防强敌，
夜里爱偷鸡。
（打一动物）

猜，
身印梅花不用裁，
珊瑚角，
腿小跃山崖。
（打一动物）
【调寄十六字令】

深夜静，月朦胧，
振翅高翔游弋中。
捕鼠猎蛇凭眼亮，
屡为人类立丰功。
（打一动物）
【调寄捣练子】

庞大身躯海里居，
皮肤裸露爪鳞疏。
虽无耳廓听尤敏，
鼓浪扬波可自如。
（打一水底生物）

动物谜语

bǎo hé liǎng biān kāi
宝盒两边开,
sè cǎi xiān míng xiù chéng duī
色彩鲜明秀成堆,
dào lǎo jié zhū tāi
到老结珠胎。
dǎ yì shuǐ dǐ shēng wù
(打一水底生物)

bā jiǎo zì héng xíng
八脚自横行,
liǎng bǎ jiǎn dāo lái kàng zhēng
两把剪刀来抗争,
bà dào huài míng shēng
霸道坏名声。
dǎ yì shuǐ dǐ shēng wù
(打一水底生物)

jǐng cháng wěi dà sì zhī qí
颈长尾大四肢齐,
sāo chòu nán wén dòng xué qī
臊臭难闻洞穴栖。
ruò shì chēng yōu néng dàn shǔ
若是称优能啖鼠,
nán cí yǒu hài hào tōu jī
难辞有害好偷鸡。
dǎ yí dòng wù
(打一动物)

wú qí wú gé yòu wú lín
无鳍无骼又无鳞,
què yǒu lìng míng chēng hǎi zhēn
却有令名称海珍。
ruò yù wēi shí shī hēi zhī
若遇危时施黑汁,
fù hán yíng yǎng gōng lí mín
富含营养供黎民。
dǎ yì shuǐ dǐ shēng wù
(打一水底生物)

动物谜语

大海软黄金，
宝气珠光水里沉，
美味古传今。
（打一水底生物）

有头无脖子，
有眼少眉毛。
终日江湖走，
游时像把刀。
（打一水底生物）

遍体不沾泥，
秋深肥胖时。
横行称介士，
下酒最相宜。
（打一水底生物）

阳澄湖里生，
一惯好横行。
若被人擒住，
置于锅内烹。
（打一水底生物）

动物谜语

míng zi jiào yú bú shì yú
名字叫鱼不是鱼，
hé hú zhǎo zé kě qī jū
河湖沼泽可栖居。
xuè pén dà kǒu dōng xi shí
血盆大口东西食，
tiě jiǎ pī shēn yè bù chú
铁甲披身夜不除。
dǎ yí dòng wù
（打一动物）

míng yú bú shì yú
名鱼不是鱼，
shēn xíng páng dà bù chuī xū
身形庞大不吹嘘，
yì shēng hǎi zhōng jū
一生海中居。
dǎ yì shuǐ dǐ shēng wù
（打一水底生物）

jiāng hé hú pō qī shēn chù
江河湖泊栖身处，
chī sù yóu lái bù chī hūn
吃素由来不吃荤。
biàn tǐ qīng huáng yóu hào dòng
遍体青黄尤好动，
píng shí mì shí zǒng chéng qún
平时觅食总成群。
dǎ yì shuǐ dǐ shēng wù
（打一水底生物）

cǐ shù shēng lái zhēn shì guài
此树生来真是怪，
tǔ zhōng bù zhǎng hǎi chéng cóng
土中不长海成丛。
méi huā méi guǒ chēng shēng wù
没花没果称生物，
lián yè lián zhī sè cǎi hóng
连叶连枝色彩红。
dǎ yì shuǐ dǐ shēng wù
（打一水底生物）

动物谜语

模样像蛇圆又长，
浑身油滑无鳞片。
河池湖海为居地，
不似蛇儿山野见。
（打一水底生物）

浑身黏液在田畴，
应与鳗鱼同一流。
也爱塘湖污土住，
江河水急不来游。
（打一水底生物）

弯曲身形如把弓，
长须额剑利如锋。
江湖大海栖身处，
煮熟之时遍体红。
（打一水底生物）

软体卵圆样，
两排肉吸盘。
遇危喷墨汁，
喜暖最惊寒。
（打一水底生物）

动物谜语

<pre>
kuī jiǎ zhēng zhēng jù chǐ jiān
盔甲铮铮锯齿坚，
pān pá hé àn qiǎn tān biān
攀爬河岸浅滩边。
yú wā niǎo lù dōu néng shí
鱼蛙鸟鹿都能食，
shí hòu lèi liú zhuāng cǎn rán
食后泪流装惨然。
    dǎ yī dòng wù
  （打一动物）
</pre>

<pre>
fù yuán tóu dà jī fū huá
腹圆头大肌肤滑，
jié duì chéng qún shuǐ dǐ yóu
结队成群水底游。
yí yuè lóng mén shēn jià biàn
一跃龙门身价变，
wáng xiáng fèng mǔ wò bīng qiú
王祥奉母卧冰求。
    dǎ yī shuǐ dǐ shēng wù
  （打一水底生物）
</pre>

<pre>
shēn jū dà hǎi yōu yōu huàng
身居大海悠悠晃，
bú xiàng qīng tái bú xiàng yú
不像青苔不像鱼。
ruò yù dí lái shī mò zhī
若遇敌来施墨汁，
nóng yān yǎn hù xiǎn qíng chú
浓烟掩护险情除。
    dǎ yī shuǐ dǐ shēng wù
  （打一水底生物）
</pre>

<pre>
shàng shēn pī hòu jiǎ
上身披厚甲，
zǒu lù màn tūn tūn
走路慢吞吞。
ruò shì shòu jīng xià
若是受惊吓，
suō tóu bù gǎn shēn
缩头不敢伸。
    dǎ yī dòng wù
  （打一动物）
</pre>

动物谜语

虽是个性偏执，
吹来天花乱坠。
三餐总吃青草，
碌碌一生劳累。
（打一动物）

不能沙土走，
只会水中游。
最怕入罗网，
也惊吞钓钩。
（打一水底生物）

群居林下自亭亭，
华羽参差五色翎。
不善高飞能疾走，
尾巴竖起可开屏。
（打一动物）

性喜群居繁殖快，
常年栖息在丘陵。
羽衣鲜艳令人爱，
猜是凤凰焉可能。
（打一动物）

动物谜语

世居小山坡，
浑身棘刺多。
临危能抖动，
脱险就凭它。
（打一动物）

聪明秉性又调皮，
活跃林间老幼知。
花果山中水帘洞，
惊天动地有传奇。
（打一动物）

中华称国宝，
世界视奇珍。
素食欣鲜竹，
斑纹黑白身。
（打一动物）

绰号海中狼，
天生性格狂。
血腥它最爱，
偷袭实难防。
（打一水底生物）

动物谜语

qióng zhī hǎi dǐ zāi
琼枝海底栽，

líng lóng làn màn xiù chéng duī
玲珑烂漫秀成堆，

nǐ lái cāi yì cāi
你来猜一猜。

dǎ yì shuǐ dǐ shēng wù
（打一水底生物）

shēng lái líng huó jí
生来灵活极，

guā guǒ xīn rán shí
瓜果欣然食。

xī xì shù lín jiān
嬉戏树林间，

pān gāo bú fèi lì
攀高不费力。

dǎ yí dòng wù
（打一动物）

xiū cháng xì tuǐ jiān zuǐ ba
修长细腿尖嘴巴，

jiǎo huá duō yí cháng wěi ba
狡猾多疑长尾巴。

yè jiān mì shí jí bā bā
夜间觅食急巴巴，

róng róng wěi ba tuō ní ba
茸茸尾巴拖泥巴。

dǎ yí dòng wù
（打一动物）

sān cùn cháng shēn tǐ
三寸长身体，

píng shēng yàn jī liú
平生厌激流。

tǔ zhōng jū zhù guàn
土中居住惯，

biàn tǐ huá yóu yóu
遍体滑油油。

dǎ yì shuǐ dǐ shēng wù
（打一水底生物）

动物谜语

曲盘草莽间，
灵异岂等闲。
无足走千里，
穿山不畏艰。
（打一动物）

状元曾借御街行，
也助甘宁劫魏营。
纵是今时犹可贵，
赛场竞技博佳名。
（打一动物）

眼圆冠赤锦衣鲜，
土里刨虫本事专。
生性不存鸿鹄志，
篱边旷野自年年。
（打一动物）

毕生劳累田头，
城市无心恋留。
曾助田单破敌，
名标青史悠悠。
（打一动物）

动物谜语

夜间常活动，
模样似青蛙。
专吃蛾虫类，
世人应得夸。
（打一动物）

张果老能骑，
黔山虎觉奇。
勤劳偏性倔，
珍贵是它皮。
（打一动物）

医生行走在森林，
终日为君献爱心。
击鼓驱虫施妙策，
四方除害传佳音。
（打一鸟名）

独立鸡群羽翼丰，
仙风道骨好仪容。
延年益寿禽中圣，
古往今来配劲松。
（打一鸟名）

动物谜语

hǎi gǎng jīng líng qīng jié gōng
海港精灵清洁工，
chéng qún xī xì shuǐ bō zhōng
成群嬉戏水波中。
mǎ tóu dù kǒu tā cháng kè
码头渡口它常客，
mì shí xī yóu mù huì fēng
觅食嬉游沐惠风。
（打一鸟名）

nán fēi wèi bì hán
南飞为避寒，
cháo xué wū yán ān
巢穴屋檐安。
zhuān bǔ wén yíng shí
专捕蚊蝇食，
shēn qīng lì zhú gān
身轻立竹竿。
（打一鸟名）

běn shì jí xiáng niǎo
本是吉祥鸟，
zhī tóu jīn kǒu kāi
枝头金口开。
tí shēng xīn rù ěr
啼声欣入耳，
hǎo shì bì rán lái
好事必然来。
（打一鸟名）

shén yī běn lǐng gāo
神医本领高，
tiān zé bǔ xié mó
天责捕邪魔。
lì zuǐ néng kāi shù
利嘴能开树，
hài chóng méi fǎ táo
害虫没法逃。
（打一鸟名）

动物谜语

衣装五彩真华丽，
嬉戏悠游在水池。
相爱相亲同觅食，
出双入对不分离。
（打一鸟名）

小小身材五脏全，
田边屋顶任飞旋。
昆虫谷粒喜欢食，
整日叽喳吵睡眠。
（打一鸟名）

山中树上叫声鸣，
给个提醒该种耕。
把握时机非小事，
村村留得好声名。
（打一鸟名）

游弋在长空，
啖尸不害农。
禽中超大鸟，
环保立勋功。
（打一鸟名）

动物谜语

shēn wū dù bái wěi ba cháng
身乌肚白尾巴长，
jiàn lì gāo zhī jiào jí xiáng
健立高枝叫吉祥。
ài qíng liú chuán qiān gǔ shì
爱情流传千古事，
zhù bāng zhī nǚ huì niú láng
助帮织女会牛郎。
　　dǎ yì niǎo míng
（打一鸟名）

jiā zhù yán wō shù dòng zhōng
家住岩窝树洞中，
sì gōu zuǐ zhǎo yìng rú tóng
似钩嘴爪硬如铜。
bái tiān lǎn duò dāi jiā lǐ
白天懒惰待家里，
yè lǐ zhuān cháo lǎo shǔ gōng
夜里专朝老鼠攻。
　　dǎ yì niǎo míng
（打一鸟名）

dà hǎi háng xíng yù bào yuán
大海航行预报员，
shēn zī jiàn měi wǔ piān xiān
身姿健美舞蹁跹。
qíng tiān bào yǔ néng xiān jué
晴天暴雨能先觉，
jì jié jiāo yí huán jìng qiān
季节交移环境迁。
　　dǎ yì niǎo míng
（打一鸟名）

xíng dòng zài sēn lín
行动在森林，
záo kǒng gōu chóng jì yì shēn
凿孔钩虫技艺深，
chú hài lìng rén qīn
除害令人钦。
　　dǎ yì niǎo míng
（打一鸟名）

答案：喜鹊 猫头鹰 海燕 啄木鸟

动物谜语

cǐ niǎo shì liáng qín
此鸟是良禽，
xiāng chuán dào gǔ jīn
相传到古今。
tí shēng chuán dào chù
啼声传到处，
hǎo shì bì rán lín
好事必然临。
（打一鸟名）

zhuī zhuàng zuǐ ba shēng ruì gōu
锥状嘴巴生锐钩，
hú bīn hǎi àn hào gōu liú
湖滨海岸好勾留。
yú jiā zì gǔ duō xùn yǎng
渔家自古多驯养，
wèi zhǔ bǔ yú qián shuǐ yóu
为主捕鱼潜水游。
（打一鸟名）

cháng cháng bó zi jì néng shēn
长长脖子技能深，
shù mù zhōu shēn zǐ xì xún
树木周身仔细寻。
ruò yǒu máo chóng cáng shù nèi
若有毛虫藏树内，
rú gōu líng shé zǒng néng qín
如钩灵舌总能擒。
（打一鸟名）

zuǐ huáng wān qū xiǎn xióng wēi
嘴黄弯曲显雄威，
yì dà jiǎo qiáng yóu shàn fēi
翼大脚强尤善飞。
shé shǔ chōng jī gāo chù xué
蛇鼠充饥高处穴，
bái tiān bǔ shí wǎn jiān guī
白天捕食晚间归。
（打一鸟名）

动物谜语

zhù wō bǎi xìng jiā
筑窝百姓家，
huì duǎn wěi fēn chà
喙短尾分叉。
wū shàng ní nán yǔ
屋上呢喃语，
chī wén gè gè kuā
吃蚊个个夸。
dǎ yì niǎo míng
（打一鸟名）

shēn zhuó bān yī sè cǎi duō
身着斑衣色彩多，
huā jiān chuān chā wǔ pó suō
花间穿插舞婆娑。
xiāng chuán liáng zhù xùn qíng huà
相传梁祝殉情化，
duǎn zàn shēng yá tàn nài hé
短暂生涯叹奈何。
dǎ yì kūn chóng
（打一昆虫）

shēn ruǎn xiǎo yuán tǒng
身软小圆筒，
chuān suō tǔ rǎng zhōng
穿梭土壤中。
xǐ huan sōng ní tǔ
喜欢松泥土，
zhòng zuò lì fēng gōng
种作立丰功。
dǎ yì kūn chóng
（打一昆虫）

shèng xià shù shàng duō
盛夏树上多，
pī zhe jiā shā xiàng shén me
披着袈裟像什么？
kù shǔ ài gē
酷暑爱K歌。
dǎ yì kūn chóng
（打一昆虫）

动物谜语

tǐ xiǎo lì wú qióng
体小力无穷，
wā dòng bān liáng jiàn dà gōng
挖洞搬粮建大功，
láo dòng xì fēn gōng
劳动细分工。
dǎ yì kūn chóng
（打一昆虫）

xíng xiàng yì zhī xiāng
形像一支香，
tǔ rǎng shū sōng kě gǎi liáng
土壤疏松可改良，
zhù nóng zàn shēng yáng
助农赞声扬。
dǎ yì kūn chóng
（打一昆虫）

qiān sī jié wǎng ài yī qiáng
牵丝结网爱依墙，
zhǐ xī nán chēng fǎng zhī niáng
只惜难称纺织娘。
zòng shì chéng sī qiān wàn lǚ
纵是成丝千万缕，
zài duō bù kě zuò yī shang
再多不可做衣裳。
dǎ yì kūn chóng
（打一昆虫）

shù shàng chàng gāo diào
树上唱高调，
fēng zhōng néng yuǎn yáng
风中能远扬。
zuì jīng hán qì xí
最惊寒气袭，
kān tàn mìng nán cháng
堪叹命难长。
dǎ yì kūn chóng
（打一昆虫）

动物谜语

shǒu huī liǎng bǎ dāo
手挥两把刀,
shēn héng dà dào dǎng chē guò
身横大道挡车过,
suī yǒng bù kān gē
虽勇不堪歌。
(打一昆虫)

yí gè xiǎo gū niang
一个小姑娘,
cān cān sāng yè zuò chéng liáng
餐餐桑叶做成粮,
tǔ sī zhī yī shang
吐丝织衣裳。
(打一昆虫)

shēn cái xiǎo xiǎo wēng wēng jiào
身材小小嗡嗡叫,
chūn xià qiū tiān qù wù gōng
春夏秋天去务工。
lù lù máng máng huā pǔ zhuàn
碌碌忙忙花圃转,
cǎi lái liáng shi hǎo jīng dōng
采来粮食好经冬。
(打一昆虫)

xíng sì xiǎo fēi jī
形似小飞机,
táng hé shuǐ miàn fēi
塘河水面飞。
wén yíng tā bǔ zhuō
蚊蝇它捕捉,
rén lèi yì chóng er
人类益虫儿。
(打一昆虫)

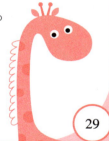

动物谜语

嗡嗡逐臭自飞来,
传播疫情与病灾。
清洁家庭难得见,
四周肮脏自徘徊。
（打一昆虫）

纵然结网,
岂成大器。
虽会吐丝,
难织绸缎。
（打一昆虫）

双翅粉传香,
色彩斑斓不用妆,
忙碌近花房。
（打一昆虫）

平生最爱厨房行,
喜暗怕光身扁平。
偷吃食粮人厌恶,
传输病菌坏声名。
（打一昆虫）

动物谜语

夜里飞翔带火行，
和风点点舞轻尘。
成群结伴流光耀，
往往来来近水滨。
（打一昆虫）

撒网不朝河海里，
偏从檐底屋边张。
精心布下迷魂阵，
定使飞兵把命丧。
（打一昆虫）

勤快小姑娘，
身穿黄色裳。
谁将她惹火，
她就戳他枪。
（打一昆虫）

扁平身体长条形，
墙脚钻缝它特能。
蛇蝎蟾蜍和壁虎，
合称五毒药方凭。
（打一昆虫）

动物谜语

幼时藏土里，
长大上高枝。
翼薄声音亮，
天寒不复啼。
（打一昆虫）

日里藏身睡榻间，
扁圆体态现红颜。
趁人入睡吸人血，
其味难闻不一般。
（打一昆虫）

肚子圆圆前脚长，
浑身披着绿衣裳。
草丛潜伏待机动，
捕捉昆虫本领强。
（打一昆虫）

盘丝洞里来，
精心布下丧魂台，
谁来谁认栽。
（打一昆虫）

动物谜语

小小身躯圆鼓鼓,
平生爱好是松土。
虽然不问庄稼事,
却替农民松园圃。
（打一昆虫）

炎热天里爬树梢,
天文地理都不晓。
大喊大叫很高调,
口口声声称知了。
（打一昆虫）

身穿绿外衣,
善跃不能飞。
田里呱呱叫,
有它虫害稀。
（打一动物）

其头三角形,
衣服总穿青。
好汉绿林客,
双刀舞不停。
（打一昆虫）

花卉谜语

形如小喇叭，
攀附断墙与树丫，
盛开灿若霞。
（打一花卉）

脸蛋大而黄，
神采飞扬朝太阳，
结子众人尝。
（打一花卉）

池里小姑娘，
粉红笑脸绿衣裳，
瓣落结莲房。
（打一花卉）

叶茂树高秋季开，
广寒宫里也曾栽。
金杯银盏遥相对，
阵阵清香扑鼻来。
（打一花卉）

花卉谜语

如盘大叶绿油油，
雨点如珠叶面留。
盛夏开花红艳艳，
水中藕节是珍馐。
（打一花卉）

颜色红为贵，
爱情之象征。
花香偏带刺，
貌美世人称。
（打一花卉）

春季不开秋季开，
野生人种在花台。
需知此物渊源远，
昔日陶潜也培栽。
（打一花卉）

原籍美洲地，
移居欧亚来。
脸黄盆样大，
对着太阳开。
（打一花卉）

花卉谜语

kuài tóu sì dà cōng
块头似大葱，
diāo kè yào jīng gōng
雕刻要精工。
qīng shuǐ jí néng yǎng
清水即能养，
kè tīng xiāng yì zhōng
客厅香溢中。
（打一花卉）

yuán zhái lù biān shān yě zhōng
园宅路边山野中，
lǎ ba xíng zhuàng yì cóng cóng
喇叭形状一丛丛。
zòng wú rén zhòng zì rán zhǎng
纵无人种自然长，
jiē zǐ gōng néng èr biàn tōng
结子功能二便通。
（打一花卉）

nài hán nài hàn ài tōng fēng
耐寒耐旱爱通风，
sè yǒu lán huáng gèng yǒu hóng
色有蓝黄更有红。
rén men bǎ tā dàng shì ài
人们把它当示爱，
xū fáng yǒu cì zài qí zhōng
需防有刺在其中。
（打一花卉）

shān jiān huāng yě dì
山间荒野地，
zhàn fàng bǎ chūn yíng
绽放把春迎。
bú jù màn tiān xuě
不惧漫天雪，
zì yuán jūn zǐ qíng
自缘君子情。
（打一花卉）

36

食物谜语

<pre>
gùn shàng guǒ er pái
棍上果儿排，
kě kǒu suān tián wèi dào jiā
可口酸甜味道佳，
hái zi lè kāi huái
孩子乐开怀。
　dǎ yì shí wù
（打一食物）
</pre>

<pre>
wài guǒ yè er qīng
外裹叶儿青，
xiàn liào xiāng tián chéng jiǎo xíng
馅料香甜成角形，
hǎo chī kǒu nán tíng
好吃口难停。
　dǎ yì shí wù
（打一食物）
</pre>

<pre>
nèn nèn zhī duān yè
嫩嫩枝端叶，
shān nóng zhāi huí jiā
山农摘回家。
jǐ jīng jiān zhì hòu
几经煎制后，
pào yǐn wèi yóu jiā
泡饮味尤嘉。
　dǎ yì yǐn pǐn
（打一饮品）
</pre>

<pre>
jīn huáng mài zi shōu chéng hòu
金黄麦子收成后，
tuō qiào mò chéng jīng pǐn lái
脱壳磨成精品来。
kě zhēng mán tóu zuò shuǐ jiǎo
可蒸馒头做水饺，
rèn píng zhǔ fù qù ān pái
任凭主妇去安排。
　dǎ yì shí wù
（打一食物）
</pre>

食物谜语

兄弟双双走一遭,
水深火热受煎熬。
旁人一旦来捞起,
发福身体又长高。
（打一食物）

此物长年有,
中秋尤抢手。
既能当点心,
又可赠亲友。
（打一食物）

颗粒看来如白糖,
家家户户用经常。
若嫌汤菜淡无味,
适量添加即变香。
（打一调味品）

四角尖尖裹肉香,
忆思屈子岂能忘。
古今节日团团坐,
解带宽衣细品尝。
（打一食物）

日常用品谜语

奶奶经常戴，
爷爷离不开。
看书与读报，
都要叫它来。
（打一日常用品）

一按开关热气腾，
衣裳之上细心行。
皱纹处理非难事，
转瞬之间可摆平。
（打一家用电器）

三餐总到场，
兄弟双双体瘦长，
吃菜不尝汤。
（打一日常用品）

日常用品谜语

xiǎo xiǎo hé er chí zhǎng zhōng
小小盒儿持掌中，
néng tīng néng jiǎng xiǎn qí gōng
能听能讲显奇功。
suī rán rén yuǎn gé qiān lǐ
虽然人远隔千里，
xì yǔ qīng shēng yě kě tōng
细语轻声也可通。
dǎ yì tōng xìn gōng jù
(打一通信工具)

xíng rú xiǎo hé shēn biān dài
形如小盒身边带，
suī yǒu mén chuāng cháng bù kāi
虽有门窗常不开。
ruò shì xīn féng fēng jǐng hǎo
若是欣逢风景好，
yín guāng yì shǎn qǐng qián lái
银光一闪请前来。
dǎ yí rì cháng yòng pǐn
(打一日常用品)

xiān xiān xiǎo mù tou
纤纤小木头，
tóu shàng bāo zhuāng xiǎo hēi qiú
头上包装小黑球，
mó cā yàn guāng fú
摩擦焰光浮。
dǎ yí rì cháng yòng pǐn
(打一日常用品)

tóu yǒu quān quān gōng shǒu wò
头有圈圈供手握，
jiān jiān wěi lì kě zhāng kāi
尖尖尾利可张开。
suí shí suí dì suí xīn yòng
随时随地随心用，
qiǎo jiàng néng gōng suí yì cái
巧匠能工随意裁。
dǎ yí rì cháng yòng pǐn
(打一日常用品)

日常用品谜语

大小不同形,
都于卧室陈。
衣裳能藏此,
防湿又防尘。
(打一家具)

一间屋子四方方,
鸡鸭鱼蔬往里装。
屋外四周如火热,
屋中层层冷如霜。
(打一家用电器)

一盘棋子分两边,
上边多来下边少。
多的反比少的少,
少的反比多的多。
(打一物品)

细小身躯头发黑,
群居斗室自心甘。
一声咔嚓成灰烬,
自己燃烧留美谈。
(打一日常用品)

日常用品谜语

饭桌上常见,
生来几寸长。
主人犹未食,
总让它先尝。
(打一日常用品)

大葵花,家中栽。
瓣一转,凉气来。
(打一家用电器)

小小身躯能报时,
床头默守未曾离。
早晨定点起床好,
一刻无差叫我知。
(打一日常用品)

两只小船布来缝,
男男女女都需用。
虽然自身几两重,
能驮他人百斤重。
(打一日常用品)

日常用品谜语

xiǎo hé zi　　bù xún cháng
小盒子，不寻常。
cháng cháng pí dài hé zhōng cáng
长长皮带盒中藏，
yào zhī cháng duǎn tā bāng máng
要知长短它帮忙。
（打一日常用品）

dà qīng tíng　　lì wū dǐng
大蜻蜓，立屋顶。
qiū dōng tā bù zǒu
秋冬它不走，
xià tiān fēi bù tíng
夏天飞不停。
（打一家用电器）

wǔ xíng běn shǔ jīn
五行本属金，
shēn xià huǒ cháng lín
身下火常临。
dù lǐ néng zhuāng shuǐ
肚里能装水，
chá fáng zì kě xún
茶房自可寻。
（打一厨房用品）

yǒu cháng yǒu duǎn yǒu duō xíng
有长有短有多形，
nǐng dòng luó sī tā zuì néng
拧动螺丝它最能。
gōng jiàng shǒu zhōng cháng yòng wù
工匠手中常用物，
ér jīn diàn dòng zhèng shí xīng
而今电动正时兴。
（打一工具）

谜底：卷尺、电扇、水壶、螺丝刀

日常用品谜语

模样像糖盐，
洗衣除垢把它添，
好用不猜嫌。
（打一日常用品）

台形虽小效能高，
衫裤脏了它会淘。
自动排污干净快，
妈妈从此少操劳。
（打一家用电器）

虽铁臂钢头，
一旦拧它泪不休，
谁知羞不羞。
（打一物）

本由牛革当材料，
材料而今有变更。
扁扁长长能系裤，
造型新颖受欢迎。
（打一日常用品）

日常用品谜语

小小被子嘴鼻盖,
防毒防尘防雾霾。
(打一日常用品)

男子最推崇,
薄薄钢锋隐其中,
胡子去无踪。
(打一日常用品)

一物手中操,
地位总居人类高,
防晒有功劳。
(打一日常用品)

此物齿牙多,
总是天天头上过,
毛发自婆娑。
(打一日常用品)

日常用品谜语

遇水显奇招，
能使脏污油腻消，
越洗越苗条。
（打一日常用品）

深谷茂林来，
窑洞熏修色如煤，
遇火化成灰。
（打一日常用品）

两艘小小船，
保温足下自年年，
夜来泊床前。
（打一日常用品）

可怜鹦鹉此间留，
食喝无忧失自由。
昔日八旗诸子弟，
提它闹市自悠游。
（打一日常用品）

日常用品谜语

铁面汉无私，
担子肩挑志不移。
斤两自心知。
（打一日常用品）

水银一线垂，
人间冷暖自能知，
说来实在奇。
（打一日常用品）

此物才高样样精，
光驱网卡视屏清。
鼠标一点能操控，
效率攀升百事成。
（打一常用办公设备）

烟民总爱带随身，
整日多番使用频。
咔嚓一声光焰起，
有人讨厌有人亲。
（打一日常用品）

日常用品谜语

不在水中游，
一对船儿闯九州，
商店有销售。
（打一日常用品）

此物有专长，
其形像鸟箱。
冬时能送暖，
夏日可催凉。
（打一家用电器）

可展也能收，
常居人上头。
阳光遮得住，
雨水不需忧。
（打一日常用品）

几行柔软丝，
除污洁齿难相离，
人人手一支。
（打一日常用品）

日常用品谜语

几层雪白纱，
防尘防菌防风沙，
功能确实佳。
（打一日常用品）

小小荧屏技艺多，
古今中外可搜罗。
老人喜爱儿童乐，
看罢相声听唱歌。
（打一家用电器）

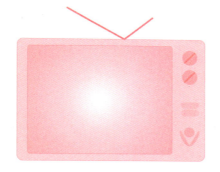

薄薄长长此物奇，
能伸能缩总相宜。
平时就在盒中住，
长短问它它必知。
（打一日常用品）

从来衣服只穿红，
仓库商场去打工。
一旦周围灾难起，
喷施白沫立勋功。
（打一物）

日常用品谜语

红衣裹体小身材，
一点芳心还未开。
霹雳声中身粉碎，
玉身断送实堪哀。
（打一物）

平生多善举，
可助老人行。
携带登山去，
崎岖不必惊。
（打一物）

无口会鸣声，
无脚却会行。
常年无倦意，
时辰最知明。
（打一日常用品）

手中摇摆可生风，
盛夏来临它上工。
若得名家题字画，
便成珍品受推崇。
（打一日常用品）

日常用品谜语

细小身材寸把长，
铮铮铁骨亮而光。
洋装土布都穿过，
何故蜗居在绣房。
（打一日常用品）

拨珠计数奇，
乘除加减自能知，
准精不用疑。
（打一日常用品）

柄细头圆实简单，
玻璃虽小莫轻看。
爷爷奶奶经常用，
读报看书再不难。
（打一日常用品）

瘦长小身材，
摩擦产生光热来，
焰尽化成灰。
（打一日常用品）

日常用品谜语

浑身累累满伤痕，
日日三餐忙一番。
尝尽酸甜和苦辣，
挨千刀也不鸣冤。
（打一厨房用品）

不生池土中，
墙边一朵小莲蓬，
洁身把水冲。
（打一日常用品）

巧手编成如小楼，
鹩哥鹦鹉此间留。
八旗子弟醉心物，
携此长安街上游。
（打一物）

密密层层一座城，
城门关上拒飞兵。
任凭敌贼外城叫，
城里安眠不用惊。
（打一日常用品）

日常用品谜语

此物内圆兼外方，
功能净化实超常。
脏污织品一丢进，
转眼之间亮又光。
（打一家用电器）

玲珑小巧亮晶晶，
绸缎绫罗穿入行。
慈母当年辛劳日，
若非此物岂能成。
（打一日常用品）

管状化妆品，
闺中最在乎。
若嫌唇色淡，
随意可施朱。
（打一化妆用品）

常置坤包里，
出门必带伊。
偷空常自照，
怕是乱容仪。
（打一化妆用品）

日常用品谜语

未能书字画，
却可染春山。
柳叶本生好，
描来添靓颜。
（打一化妆用品）

卧室中供职，
不言也不食。
晚间临睡前，
衫裤交它得。
（打一日常用品）

忙时无赞语，
从不发牢骚。
鱼肉未能吃，
挨刀任苦劳。
（打一厨房用品）

主人置我在厨房，
大半工休少半忙。
每近三餐尤要紧，
智能净气自担当。
（打一厨房用品）

文化艺术与学习用品谜语

早生白发老成乌，
擅写文书擅绘图。
一旦忙时将帽脱，
功夫能细也能粗。
（打一文具）

形状有圆方，
铅笔盒中将体藏，
改错自担当。
（打一文具）

一行一动需牵引，
一唱一言要配音。
古往今来多少事，
悲欢离合剧中人。
（打一文艺表演形式）

一片纸鸢飞上天，
长长丝线手中牵。
忽然丝断鸢飘去，
云海茫茫何处边。
（打一休闲用品）

文化艺术与学习用品谜语

小小圆圆皆木制，
内装墨黑一条心。
学生师长做功课，
数百年来用到今。
（打一文具）

年年除夕日，
户户喜洋洋。
浓墨书门对，
迎新图吉祥。
（打一文化用品）

没脚走天涯，
小画周边有齿牙，
音信传千家。
（打一文化用品）

说是蒙恬制，
数千年到今。
文坛常用品，
书画要它临。
（打一文具）

56

文化艺术与学习用品谜语

炭黑松烟制，
用时清水磨。
文房称四宝，
笔纸砚和它。
（打一文化用品）

先是蔡伦造，
后传五大洲。
人间离不得，
四海尽需求。
（打一文化用品）

姐妹着红衣，
春节双双靠户扉，
福禄话儿飞。
（打一文化用品）

两腿长长两脚尖，
通身铁硬自庄严。
平时工作真周到，
绘制弧圈它两兼。
（打一文具）

文化艺术与学习用品谜语

文具盒中常见，
惯与铅笔为邻。
铅笔若出差错，
帮它更改成真。
（打一文具）

形似书刊自保藏，
内存片段好时光。
青春岁月夕阳景，
每遇空闲细品尝。
（打一文化用品）

盛会如期次第开，
明星大腕齐登台。
登台先后谁能晓，
都要听她报出来。
（打一职业）

圆圆模样像西瓜，
教学观摩两不差。
四海五洲容纳下，
认知世界顶呱呱。
（打一学习用品）

文化艺术与学习用品谜语

奇葩不在地中栽，
却在空中恣意开。
节庆有它添景象，
乐翻长辈与儿孩。
（打一文化艺术用品）

好人坏蛋尽能行，
时作老翁时作生。
离合悲欢诸项事，
淋漓尽致世间情。
（打一职业）

两腿细长，
一支直立，
一支爱转，
爱转环场。
（打一文具）

团木成框架，
牛皮上下封。
用时人击打，
震耳响咚咚。
（打一文化艺术用品）

游戏与体育运动谜语

lǎo tóu zhēn kě ài
老头真可爱，
mú yàng yǒu xiē dāi
模样有些呆。
yòng shǒu bān tā wò
用手扳他卧，
shǒu sōng lì qǐ lái
手松立起来。

（打一玩具）

qiào bì xuán yá dàng sài chǎng
峭壁悬崖当赛场，
bù xū gōng jiàn yǔ dāo qiāng
不需弓箭与刀枪。
quán píng jiǎo shǒu chāo rén jìn
全凭脚手超人劲，
dēng shàng dǐng fēng néng lì qiáng
登上顶峰能力强。

（打一体育项目）

mú yàng xiàng xī guā
模样像西瓜，
rén rén ài yǒu jiā
人人爱有加。
lǜ yīn chǎng shàng jiàn
绿茵场上见，
jìng shè shòu rén kuā
劲射受人夸。

（打一体育用品）

shí zhī lì shǐ yì zhāng gōng
十支利矢一张弓，
bǎi bù chuān yáng hè cǎi zhōng
百步穿杨喝彩中。
bú shì duō nián xīn kǔ liàn
不是多年辛苦练，
qǐ néng duó guàn yā qún xióng
岂能夺冠压群雄。

（打一体育项目）

游戏与体育运动谜语

翩翩起舞踩涟漪,
音乐轻扬尤适宜。
水上娇姿看欲醉,
犹如仙女下瑶池。
（打一体育项目）

小小银丸桌上飞,
轻挑重扣任施为。
快搓快带功夫巧,
举世闻名中国威。
（打一体育项目）

海上波澜起,
茫茫不见边。
健儿无所惧,
踏板竞争先。
（打一体育项目）

赛场百米快如飞,
队友四人皆展威。
团体发挥成绩好,
欣然夺得奖牌归。
（打一体育项目）

游戏与体育运动谜语

绿茵场上争锋，
固守更需进攻。
双手不能触碰，
只凭头脚建功。
（打一体育项目）

纵身一跃轻轻起，
伸手几乎摸上楼。
训练辛勤成效快，
若能夺冠大名留。
（打一体育项目）

楚河和汉界，
红黑可谈兵。
将帅遭擒杀，
输赢立判明。
（打一文化用品）

一位老公公，
无吃无眠站立中，
碰他他鞠躬。
（打一玩具）

执法赛场吹哨子，
违规必罚岂能推。
心中信念唯公道，
职责在身遵法规。
（打一体育职业）

游戏与体育运动谜语

各色缤纷轮子轻，
孩儿淑女共心倾。
闲来摆动腰肌力，
健体强身获好评。

（打一运动器械）

不在地头池里种，
奇葩异卉宝瓶开。
只能观赏不能采，
此物神奇让你猜。

（打一玩具）

像球不是球，
纤绳一甩转难休，
天生爱找抽。

（打一玩具）

七尺长竿八尺丝，
投之大海与塘池。
安心待得浮标动，
扯线提竿收获时。

（打一户外休闲活动）

63

人体谜语

píng shí bú wài lù
平时不外露,
xué hòu qiǎo cáng shēn
穴后巧藏身。
wèi dào néng fēn biàn
味道能分辨,
yě bāng rén fā yīn
也帮人发音。
dǎ yì rén tǐ bù wèi
(打一人体部位)

shí gè dì xiong fēn zuǒ yòu
十个弟兄分左右,
cēn cī bù yī yǒu gāo dī
参差不一有高低。
hù bāng hù zhù nán fēn sàn
互帮互助难分散,
shēng huó sān cān zǒng jù qí
生活三餐总聚齐。
dǎ yì rén tǐ bù wèi
(打一人体部位)

yún shān yǒng gé dì xiōng liǎ
云山永隔弟兄俩,
yí gè xī lái yí gè dōng
一个西来一个东。
jīn shì suī rán nán jiàn miàn
今世虽然难见面,
píng shēng xiāo xi zuì líng tōng
平生消息最灵通。
dǎ yì rén tǐ bù wèi
(打一人体部位)

gāo shān cǎo yì cóng
高山草一丛,
piāo yì zì cōng lóng
飘逸自葱茏。
yuè yuè dōu xū gē
月月都须割,
shí lái yòu biàn fēng
时来又变丰。
dǎ yì rén tǐ bù wèi
(打一人体部位)

人体谜语

上一排，下一排，
每吃东西靠它来。
平时稳在门庭内，
要看详细口要开。
（打一人体部位）

下连躯干上连头，
左转右旋皆自由。
东汉董宣曾不屈，
千秋万代令名留。
（打一人体部位）

下隆上细生双孔，
呼吸能通味可闻。
面相居中知美丑，
端端正正显斯文。
（打一人体部位）

左右似分开，
依然连一排。
都能挑重担，
责任到齐来。
（打一人体部位）

谜底：牙齿 脖子 鼻子 肩

人体谜语

女如柳叶男如剑，
疏密天然有淡浓。
秉性不能藏喜怒，
心情变化现其中。
（打一人体部位）

穴内栖身如石榴，
佳人微露似含羞。
山珍海味它先嚼，
老迈时来多不留。
（打一人体部位）

生来丑陋或生妍，
睹物传情皆自然。
怒则圆睁羞半闭，
心灵表露总当先。
（打一人体部位）

布袋横陈身体中，
甜酸苦辣可兼容。
辨清精华排糟粕，
营养需求它必供。
（打一人体部位）

人体谜语

头发亲兄弟,
生来性倔强。
昨天刚刮短,
今日又看长。
(打一人体部位)

秋水古人称,
是非看得清。
生来高洁癖,
沙粒不容情。
(打一人体部位)

人体指挥部,
常将妙计筹。
迎难而敢上,
理想必能酬。
(打一人体部位)

能在沙滩走,
高山也可行。
人生虽久远,
伴你过全程。
(打一人体部位)

自然谜语

kǒng míng jiè dé qiān zhī jiàn
孔明借得千支箭，
shè dào jiāng zhōng kàn bu jiàn
射到江中看不见。
（打一自然现象）

tiān jì rèn tā yóu
天际任它游，
sì hǔ rú lóng yě xiàng niú
似虎如龙也像牛，
fēng guā nán gōu liú
风刮难勾留。
（打一自然现象）

diǎn diǎn liàng jīng jīng
点点亮晶晶，
tiān shàng duō duō xiǎo yǎn jing
天上多多小眼睛，
míng rì dìng tiān qíng
明日定天晴。
（打一自然物）

shì huā bú shì huā
是花不是花，
kāi shí bái huā huā
开时白花花。
bú shì dì shàng zāi
不是地上栽，
tiān shàng piāo xià lái
天上飘下来。
（打一自然现象）

自然谜语

自然界中自然生，
不是人工造得成。
万物生存离不得，
生来好动爱游行。
（打一自然物）

白白柔柔不是水，
从天而降更如棉。
北方多见南方少，
温度高时能灌田。
（打一自然现象）

一片两片三四片，
忽然不见忽然见。
太阳再大它不转，
大风一吹它就变。
（打一自然现象）

看不到，抓不着，
东南西北到处跑。
跑过大海水波兴，
穿越林海树呼啸。
（打一自然现象）

自然谜语

高空七彩桥，
华丽不需雕。
雨后经常见，
弯弯卧碧霄。
（打一自然现象）

飘落满天涯，
虽然六瓣也非花。
云际是它家。
（打一自然现象）

小小珍珠真可爱，
旅游商店不销售。
早晨叶上花间显，
一出太阳难自留。
（打一自然现象）

不依四季时间变，
涌出硫黄暖水多。
沐浴强身和健体，
引来游客乐呵呵。
（打一自然物）

70

自然谜语

雨后现天空,
圆弧色不同。
鲜红多在外,
紫色在于中。
（打一自然现象）

水暖无需炉上烧,
终年岩上起波潮。
寒来暑往洗身爽,
健体养肤疲劳消。
（打一自然物）

娇容最美在中秋,
万里晴空才露头。
盘古开天成惯习,
太阳一出它不留。
（打一自然物）

深藏于地底,
含铁或含铜。
开采分离后,
用于工业中。
（打一自然物）

自然谜语

gāo fēng liú shuǐ sì zhū lián
高峰流水似珠帘，

yín làng tāo tiān zài yǎn qián
银浪滔天在眼前。

huáng guǒ shù shān chēng zuì měi
黄果树山称最美，

mù míng yóu kè jìng mó jiān
慕名游客竟摩肩。

dǎ yí zì rán wù
（打一自然物）

suī rán shì shuǐ gòng níng chéng
虽然是水共凝成，

tòu chè jīng yíng tǐ yìng zhēng
透彻晶莹体硬铮。

gùn bàng dāo qiāng tā bú pà
棍棒刀枪它不怕，

tài yáng yí shài lèi jiāo bìng
太阳一晒泪交并。

dǎ yí zì rán wù
（打一自然物）

tiān biān cǎi jǐng měi fēi fán
天边彩景美非凡，

yìng zhào xī yáng gèng wéi chán
映照夕阳更为馋。

shào fù gū niang kōng qiè xǐ
少妇姑娘空窃喜，

bù néng cái jiǎn zuò yī shān
不能裁剪做衣衫。

dǎ yí zì rán xiàn xiàng
（打一自然现象）

sān yuè hàn nài hé tiān
三月旱，奈何天，

nóng jiā jiē shù shǒu
农家皆束手，

xīn jí kǔ áo jiān
心急苦熬煎。

jīng léi shēng qǐ wū yún gǔn
惊雷声起乌云滚，

xīn jiàn qīng pén gēng zhòng qián
欣见倾盆耕种前。

dǎ yí zì rán xiàn xiàng
（打一自然现象）

diào jì jiāng nán chūn
【调寄江南春】

自然谜语

啸聚成团出海洋,
万般凶横甚张扬。
堤坝毁,大楼伤,
人间损失费思量。
（打一自然现象）
【调寄渔歌子】

入眼惊奇景,
长天现彩披,
我知仙女晾仙衣,
雨霁云开红日欲临时。
（打一自然现象）
【调寄南歌子】

抱醉三更返,
蹒跚步履迟,
点灯惊觉事离奇,
未雨无风何故湿吾衣。
（打一自然现象）
【调寄南歌子】

青萍末,
舞动自荒郊。
急雨斜斜云影散,
拂林倒海起波涛。
画笔实难描。
（打一自然现象）
【调寄忆江南】

自然谜语

彩桥弯又弯，
雨后高空露脸颜，
绚丽耀人寰。
（打一自然现象）

平时不作声，
行迹不分明。
一旦疯狂发，
三江四海惊。
（打一自然现象）

悬浮飘荡在空中，
不是云烟不是风。
路上行人遮望眼，
太阳一出去无踪。
（打一自然现象）

白天不露颜，
圆圆体态有时弯，
从来上晚班。
（打一自然物）

自然谜语

远看匹练悬，
倾珠泻玉漾轻烟，
天生本自然。
（打一自然现象）

通宵达旦挂苍穹，
圆似银盘缺似弓。
多少明星相作伴，
古人称叫广寒宫。
（打一自然物）

此花不在土中栽，
却是高空落下来。
盖地铺天银世界，
自然现象你来猜。
（打一自然现象）

脚踏千江水，
能抛万里沙。
神威如席卷，
行迹遍天涯。
（打一自然现象）

音乐知识谜语

挂个大冬瓜，
边行边打步交叉，
舞态众人夸。
（打一乐器）

铁碗口儿宽，
带着柄儿吹不完，
社庆有它欢。
（打一乐器）

形似分开大鸭梨，
四根弦子韵高低。
芳名好像甜佳果，
抱弹妙音听者迷。
（打一乐器）

一根竹子尺多长，
钻孔晾干派用场。
靠近嘴边吹出气，
动听乐曲自飞扬。
（打一乐器）

音乐知识谜语

yuán quān mì bù yì lián peng
圆圈密布一莲蓬，

wò zài shǒu zhōng yán yǔ tōng
握在手中言语通。

yǎn jiǎng chàng gē dōu kě yòng
演讲唱歌都可用，

shēng yīn kuò dà xiǎn qí gōng
声音扩大显奇功。

dǎ yì yīn yuè shè bèi
（打一音乐设备）

cǐ wù rú tóng shuǐ guǒ míng
此物如同水果名，

zhāo jūn chū sài dài tā xíng
昭君出塞带它行。

yōu sī yuàn hèn shāng xīn shì
幽思怨恨伤心事，

yì qǔ nán wàng gù guó qíng
一曲难忘故国情。

dǎ yí yuè qì
（打一乐器）

zǐ zhú diāo chéng èr chǐ yíng
紫竹雕成二尺盈，

shù chuī qīng àn fā jiā shēng
竖吹轻按发佳声。

xiāng chuán nòng yù qín gōng nǚ
相传弄玉秦公女，

yù shǒu hóng chún yǐn fèng míng
玉手红唇引凤鸣。

dǎ yí yuè qì
（打一乐器）

农林知识谜语

圆圆挂满枝，
珠玑满腹不需吹，
花红五月时。
（打一水果）

形如五角星，
酸甜可口色黄青，
味佳食难停。
（打一水果）

身高盈百尺，
挺拔似天梯。
夹道齐齐立，
引来金凤栖。
（打一植物）

辫子万千条，
河岸随风来回飘，
似把路人招。
（打一植物）

农林知识谜语

zhuàng rú wǔ zhǐ kuān
状如五指宽，
hóng biàn mǎn shān luán
红遍满山峦。
dù mù tíng chē gù
杜牧停车故，
yí qíng zǐ xì kàn
怡情仔细看。
dǎ yì zhí wù
（打一植物）

nián shào lǜ yī shang
年少绿衣裳，
lǎo nián què chuān huáng
老年却穿黄。
nóng jiā lái yǎo shuǐ
农家来舀水，
xiān dào jiǔ zūn dàng
仙道酒樽当。
dǎ yì zhí wù
（打一植物）

gōng néng kě gē hé
功能可割禾，
wān wān shēn tǐ tiě yá duō
弯弯身体铁牙多，
cāi cai shì shén me
猜猜是什么？
dǎ yì nóng jù
（打一农具）

wō zhù hēi ní chí
窝筑黑泥池，
xīn yǎn suī duō rén bù zhī
心眼虽多人不知，
shēn bái bù zhān ní
身白不沾泥。
dǎ yì shū cài
（打一蔬菜）

农林知识谜语

有根不在园中种，
有叶无花实费猜。
脆嫩清香佳味菜，
陶缸培育不需栽。
（打一蔬菜）

形状像苹果，
却比苹果红。
果成三四个，
常见菜园中。
（打一蔬菜）

头上一丛绿叶，
周身黄甲包皮。
生于热带山里，
功能止渴开脾。
（打一水果）

碧绿珠圆挂满枝，
花开正是报春时。
如逢果实青黄色，
必是连绵雨如丝。
（打一水果）

农林知识谜语

yòu xiǎo tǐ fū qīng
幼小体肤青，
shú shí sè biàn huáng
熟时色变黄。
wān wān shēn zi qiǎo
弯弯身子巧，
pí bō hòu néng cháng
皮剥后能尝。
（打一水果）

cháng cì bù quán shēn
长刺布全身，
cì cháng bú cì rén
刺长不刺人。
xià qiū néng cǎi zhāi
夏秋能采摘，
guǒ ròu wèi zhēn chún
果肉味真醇。
（打一水果）

shù shàng xiǎo dēng long
树上小灯笼，
àn jié zhū tāi zài lóng zhōng
暗结珠胎在笼中，
lì lì tián yòu hóng
粒粒甜又红。
（打一水果）

lǜ wàn zhào jiāo yáng
绿蔓照骄阳，
chuàn chuàn míng zhū yè dǐ cáng
串串明珠叶底藏，
niàng jiǔ měi míng yáng
酿酒美名扬。
（打一水果）

农林知识谜语

此物由来典故多,
晏婴杀士巧张罗。
瑶池宴上当佳果,
曾见关张拜义哥。
（打一水果）

桃李相随称一家,
花开白色带红些。
生津解毒能生吃,
破核取仁医用嘉。
（打一水果）

黄皮硬核两头尖,
树上栖身泥不沾。
生吃功能烦解渴,
加工可以用糖盐。
（打一水果）

生长粤闽里,
红皮鳞状起。
苏东坡爱吃,
杨贵妃更喜。
（打一水果）

农林知识谜语

青红颜色像球形,
似玉如珠成串生。
可口酸甜人爱吃,
也能酿酒享佳名。
（打一水果）

头戴绿冠冠,
浑身金甲裹。
肉甜略带酸,
热带绝佳果。
（打一水果）

形态是圆长,
肉黄皮也黄。
绒丝生扁核,
童叟喜欢尝。
（打一水果）

成串珠儿黄褐色,
春花秋实挂枝头。
全身内外皆珍品,
药用功能更是优。
（打一水果）

农林知识谜语

远看像雪花，
飞舞空中胜彩霞，
近看像棉纱。
（打一植物种子）

清明前后熟，
碧绿未黄时。
入口多清脆，
酸甜试自知。
（打一水果）

如竹身形节节高，
农家栽种亦辛劳。
头甜尾淡吃知味，
制作成糖可煮熬。
（打一农作物）

心空如竹子，
绿叶比兰长。
穗子花花白，
从来不打粮。
（打一水生植物）

农林知识谜语

píng rì kòng xián ài kào qiáng
平日空闲爱靠墙,
bù chuān bù chī bù zhāng yáng
不穿不吃不张扬。
yǒng tiāo zhòng dàn xíng qiān lǐ
勇挑重担行千里,
gōng zuò jiān xīn yě bù fáng
工作艰辛也不妨。
dǎ yī nóng jù
(打一农具)

nóng jiā chūn rì zāi
农家春日栽,
lěi zài xià tiān kāi
蕾在夏天开。
tǔ xù zhōng qiū hòu
吐絮中秋后,
rù dōng cǎi zhāi lái
入冬采摘来。
dǎ yī nóng zuò wù
(打一农作物)

xíng zhuàng rú gān jú
形状如柑橘,
gōng néng dà bù tóng
功能大不同。
wèi suān shēng chī shǎo
味酸生吃少,
tiáo wèi yǒu qí gōng
调味有奇功。
dǎ yī shuǐ guǒ
(打一水果)

sú chēng gān guǒ wáng
俗称干果王,
shēng shú chī wú fáng
生熟吃无妨。
hè sè luǎn xíng zhuàng
褐色卵形状,
yì shēn bǎ bìng fáng
益身把病防。
dǎ yī gān guǒ
(打一干果)

85

农林知识谜语

生来圆柱形，
肉厚白如冰。
暑季煲汤好，
清凉降火能。
（打一蔬菜）

花落露头来，
状似蜂窝孔未开，
入药是良材。
（打一蔬菜）

高高树，
开白花，
结果就像小木瓜。
（打一果树）

元宝两头尖，
肉厚皮乌水里潜，
益气补脾兼。
（打一蔬菜）

农林知识谜语

奇，
身处污池节自持，
真君子，
有孔不沾泥。
(打一蔬菜)
【调寄十六字令】

一年四季绿油油，
直上长空势不休。
潇洒出尘胸有节，
苍松为伍自风流。
(打一植物)

长于潮湿地，
入眼一丛丛。
造纸秆能用，
根花有药功。
(打一植物)

绿色叶儿圆，
坐着娃娃水上悬，
好像一艘船。
(打一植物)

农林知识谜语

bù qī ní tǔ bù qī shā
不栖泥土不栖沙，
mù tǒng zhōng jiān yí zuò jiā
木桶中间宜做家。
qīng shuǐ wēi wēn néng péi yù
清水微温能培育，
nèn miáo kě kǒu wèi kān jiā
嫩苗可口味堪嘉。
dǎ yì shū cài
（打一蔬菜）

wàng zhī néng zhǐ kě
望之能止渴，
zhòng zhí kě chéng lín
种植可成林。
céng jià lín hé jìng
曾嫁林和靖，
chuán qí biàn gǔ jīn
传奇遍古今。
dǎ yì shuǐ guǒ
（打一水果）

kuài kuài tǐ fū huáng
块块体肤黄，
gē da róng yán shǔ zhǔ liáng
疙瘩容颜属主粮，
zhēng shú gōng rén cháng
蒸熟供人尝。
dǎ yì shū cài
（打一蔬菜）

tóu dǐng bái róng qiú
头顶白绒球，
yí zhèn fēng lái bú zì yóu
一阵风来不自由，
sàn fā qù yōu yōu
散发去悠悠。
dǎ yì zhí wù
（打一植物）

字谜

cǐ mí rào yūn rén
此谜绕晕人，

yǒu zuǐ zhǐ néng wēi hè rén
有嘴只能威吓人，

méi zuǐ huì yǎo rén
没嘴会咬人。

（打一字）

shí zì qù diào bǎo gài tóu
实字去掉宝盖头，

jiā gè mù zì gěi nǐ cāi
加个木字给你猜。

（打一字）

yáng míng dǎ hǔ jǐng yáng gāng
扬名打虎景阳冈，

běi zhàn nán zhēng yī bì shāng
北战南征一臂伤。

xuě nüè shuāng qīn wú gǎi sè
雪虐霜侵无改色，

huáng shān yíng kè gǎn dān dāng
黄山迎客敢担当。

（打一字）

dú lái shì yǐ
读来是已，

yòng lái shì èr
用来是二。

xiě lái yì bǐ
写来一笔，

huà lái sì é
画来似鹅。

（打一字）

89

字谜

一边种稻苗,
一边把饭炊。
问是什么字,
夏天过后知。
(打一字)

一边披锦裘,
一边种田头。
两边连着看,
没穿实在羞。
(打一字)

田上一棵草,
田边一只狗。
你知啥意思,
身屈像要躲。
(打一字)

算来一尺一,
读来是四声。
若问什么字,
请到庙里问。
(打一字)

字谜

给一半，留一半。
不会粗，不会胖。
（打一字）

一字有九点，
数来却三笔。
若问啥东西，
东西小又圆。
（打一字）

林字多一半，
不做森字猜。
若问什么字，
周公最了解。
（打一字）

有水把茶煎，
有火能翻天。
有手可搂住，
有脚快步前。
（打一字）

字谜

一字有六笔，
三人一起猜。
若是猜不着，
大家一起来。
（打一字）

一字说来真稀奇，
不居高处不居低。
不在前来不在后，
不是南北与东西。
（打一字）

左边是动物，
右边是昆虫。
动物爱吃草，
昆虫爱吸血。
动物身材大，
昆虫身材小。
动物会长跑，
昆虫会跳高。
（打一字）

一字真是奇，
上下紧相依。
要上下不见，
要下上已离。
（打一字）

字谜

器皿能盛物，
泥土能堆城。
个个来规劝，
说来可当真。
（打一字）

一边吃草水中游，
一边吃草在山头。
若是两边连一起，
新花美好不胜收。
（打一字）

画个四方脸，
再添八字眉。
不描双只眼，
小嘴下边垂。
（打一字）

哑巴开口，
恶意无心。
虽难夺冠，
也可得银。
（打一字）

字谜

cǎo yuán shàng zhǎng
草原上长，
jiāng hǎi zhōng yǒu
江海中有。
chī shí yào kuài
吃时要快，
wù fàng tài jiǔ
勿放太久。
（打一字）

sì fāng jié hé
四方结合，
yí dì xiāngféng
一地相逢。
kě cāi yí zì
可猜一字，
yì zài qí zhōng
意在其中。
（打一字）

yǒu yǎn pín zhù shì
有眼频注视，
yǒu yán yuē dìng xiān
有言约定先。
yǒu kǒu xì zhuī wèn
有口细追问，
yǒu mào zì ān rán
有帽自安然。
（打一字）

dú zì wéi wáng
独自为王，
yù dé sì fāng
欲得四方。
bù huái hǎo yì
不怀好意，
xiōng è nèi cáng
凶恶内藏。
（打一字）

字谜

一字真稀奇，
大小不分离。
大的不在上，
小的不居低。
（打一字）

一个字，价值高。
姓姜姓姚的有，
名尚名明的无。
若问此字价值，
此字一字千金。
（打一字）

上面是田，
下面是地。
两处相加，
共五百米。
（打一字）

左边是十八，
右边是十一。
两边加一起，
竟然才七笔。
（打一字）

字谜

有言在先，
宜得相牵。
朋辈交往，
友情自然。
（打一字）

二人相约好，
要到古刹来。
时间犹未定，
意思等安排。
（打一字）

家中多子儿，
一女最年轻。
虽是排行小，
向来主意精。
（打一字）

有日正好晒衣裳，
有心刺激又慌张。
有鱼大海庞然物，
手到擒来不胜防。
（打一字）

字谜

chì zǐ zhī xīn
赤子之心，
wú dú yǒu ǒu
无独有偶。
yī yī zǔ chéng
一一组成，
chéng shuāng chéng duì
成双成对。
（打一字）

cún xīn bú ràng chū mén qù
存心不让出门去，
xīn qíng què shí bù shū chàng
心情确实不舒畅。
（打一字）

mén wài xià dà yǔ
门外下大雨，
mén nèi chū tài yáng
门内出太阳。
què shí zhēn qí guài
确实真奇怪，
qǐng bǎ cǐ zì shāng
请把此字商。
（打一字）

yǒu shuǐ kě cáng jiāo lóng
有水可藏蛟龙，
yǒu mù kě bào zǎo chūn
有木可报早春。
yǒu rì fǎn ér hūn àn
有日反而昏暗，
yǒu rén què shòu qī fu
有人却受欺负。
（打一字）

字谜

雨后春笋出，
多于竹下生。
猜字十一笔，
猜物吹有声。
（打一字）

座中人告退，
应是到山村。
此字多含义，
百家姓里存。
（打一字）

衣服一大捆，
颜色不需分。
古代称官服，
今如连衣裙。
（打一字）

有恨不能说，
心头如插刀。
既然难雪耻，
只得暂煎熬。
（打一字）

字谜

堆土成小山，
进水起狂澜。
有足走不快，
添衣可御寒。
（打一字）

左边小姐，
右边大汉。
并排一站，
备受点赞。
（打一字）

上边有头，
下边无头。
两边相遇，
不在右头。
（打一字）

一日加一天，
一天加一日。
两者若相连，
意思还是天。
（打一字）

字谜

孙子叫爷爷,
儿子唤爹爹。
虽有称雄意,
绝对无私心。
(打一字)

虽然有雨,
还要上路。
隐藏不得,
好好表现。
(打一字)

饿时就要食,
食了还是饿。
要问它原因,
自己才知道。
(打一字)

美字减一人,
点字少一半。
要知何意思,
就作小羊看。
(打一字)

建筑与交通谜语

yuǎn wàng sì zhāng gōng
远望似张弓，
nán běi héng chuān liǎng àn tōng
南北横穿两岸通，
xióng wěi wò hán fēng
雄伟卧寒风。
dǎ yī gōng gòng shè shī
（打一公共设施）

mào sì jí zhuāng xiāng
貌似集装箱，
lì shēn zài dà táng
立身在大堂。
yǒu mén rén jìn chū
有门人进出，
shēng jiàng kě xiāng shāng
升降可相商。
dǎ yī gōng gòng shè shī
（打一公共设施）

rì yè lún bān dài mìng zhōng
日夜轮班待命中，
yī shēng hù shi bì suí tóng
医生护士必随同。
pái wēi jiě kùn shì tiān zhí
排危解困是天职，
zào fú cāng shēng bú shì gōng
造福苍生不世功。
dǎ yī jiāo tōng gōng jù
（打一交通工具）

zhěng tiān zhāng kǒu lù biān zhàn
整天张口路边站，
zhǐ chī dōng xi bù chū shēng
只吃东西不出声。
nà gòu cáng wū tā bù huǐ
纳垢藏污它不悔，
měi róng huán jìng huò jiā píng
美容环境获佳评。
dǎ yī gōng gòng shè shī
（打一公共设施）

101

建筑与交通谜语

kuáng fēng bào yǔ bù xīn jīng
狂风暴雨不心惊，
ào xuě líng shuāng rén biàn xíng
傲雪凌霜人便行。
zé rèn zài shēn xián bu de
责任在身闲不得，
tōng xiāo dá dàn sòng guāng míng
通宵达旦送光明。
dǎ yì gōng gòng shè shī
(打一公共设施)

yí gè jù rén sān zhī yǎn
一个巨人三只眼，
lù páng chù lì zhěng tiān máng
路旁矗立整天忙。
xíng rén chē liàng tā jiān hù
行人车辆他监护，
bú pà gāo wēn bú wèi shuāng
不怕高温不畏霜。
dǎ yì jiāo tōng shè shī
(打一交通设施)

méi yǒu ěr duo jiān méi yǎn
没有耳朵兼没眼，
què zhī dōng běi yǔ zhōng xī
却知东北与中西。
dài tā háng hǎi dēng shān qù
带它航海登山去，
fāngxiàng mù biāo cháng bù mí
方向目标常不迷。
dǎ yì jiāo tōng wù pǐn
(打一交通物品)

bú shì niǎo néng xiáng
不是鸟能翔，
chì bǎng dà dà bì kōng háng
翅膀大大碧空航，
běi dì dào nán jiāng
北地到南疆。
dǎ yì jiāo tōng gōng jù
(打一交通工具)

建筑与交通谜语

出门能代步，
来往自悠游。
只靠本人力，
无须耗电油。
（打一交通工具）

植树栽花光景好，
休闲游览客人多。
清风过处芬芳溢，
啼鸟叫时胜闻歌。
（打一地点）

城乡多设立，
来的都是客。
畅饮或充饥，
菜肴端上席。
（打一地点）

嶙峋怪石砌成峰，
近看遥观景不同。
能与公园添秀色，
需知妙景出人工。
（打一景观）

建筑与交通谜语

dà bà yǐ xiū jiàn
大坝已修建，
fánghóng kě jié liú
防洪可截流。
gōng néng néng fā diàn
功能能发电，
gèng kě yǎng yú yóu
更可养鱼游。
dǎ yī shuǐ lì gōngchéng
（打一水利工程）

tiě zuǐ dà rú dǒu
铁嘴大如斗，
zuò gōng bú pà pí
做工不怕疲。
kāi huāng píng lì chǐ
开荒凭利齿，
cháng bì zhǎn wēi shí
长臂展威时。
dǎ yī gōngchéng jī xiè
（打一工程机械）

yì wěi cháng cháng dà tiě lóng
一尾长长大铁龙，
zǒu shí shēng zhèn xiǎng lóng lóng
走时声震响隆隆。
chuān suì dòng yuè shān fēng
穿隧洞，越山峰，
tiān yá hǎi jiǎo sì fāng tōng
天涯海角四方通。
dǎ yī jiāotōng gōngjù
（打一交通工具）
diào jì yú gē zǐ
【调寄渔歌子】

jiāotōng yào dào bǎ bān zhí
交通要道把班值，
hēi yè bái tiān wú xiē xi
黑夜白天无歇息。
shū dǎo xíng chē hé lù rén
疏导行车和路人，
bù xū kāi kǒu píng yán sè
不需开口凭颜色。
dǎ yī jiāotōng shè shī
（打一交通设施）

建筑与交通谜语

不用空调时打开，
凉风习习自然来。
新型建筑多增大，
透气采光奇异才。
（打一物）

行，
道畔成排把客迎。
无寒暑，
终夜送光明。
（打一公共设施）
【调寄十六字令】

短称五里十称长，
常见路边垂柳扬。
官建民捐今古有，
行人避雨也乘凉。
（打一建筑）

城市繁华地，
商场次第开。
欢迎游客逛，
不容车进来。
（打一地点）

军事谜语

无翅蹿高空,
传递军情立战功,
耀眼绿黄红。
（打一军事武器）

布施江海做防御,
不畏寒温能久长。
一旦敌人来触犯,
声如霹雳把他伤。
（打一军事武器）

强光临夜色,
目标看能清。
不具杀伤力,
也称武器名。
（打一军事武器）

一个大西瓜,
挖个洞儿将土遮,
脚踩就开花。
（打一军事武器）

军事谜语

形似饭锅和面盆，
武装力量总需求。
行军拉练随身带，
打仗冲锋护我头。
（打一军事装备）

突发砰砰响，
空中走一程。
冲锋听我令，
顿使敌心惊。
（打一军事武器）

袋子随身背，
威风不等闲。
战时轰堡垒，
平日可开山。
（打一军事武器）

夜间袭敌待机动，
黑暗之中看不清。
蓦地长空如白炽，
敌人阵地瞬间明。
（打一军事武器）

军事谜语

藏身海底似鲸鱼，
执锐披戈如战车。
命令传来旋出击，
瞬间能把敌歼除。
（打一军事装备）

昔日战场称利器，
而今竞技展风流。
目标认定焉回首，
不中红心誓不休。
（打一古代武器）

山岗潜伏待冲锋，
远近高低各不同。
喊杀声声齐出击，
只缘命令现空中。
（打一军事武器）

小兵一尺高，
声响振神威。
阵地杀声起，
冲锋他指挥。
（打一军事物品）

四大名著谜语

火尖枪法武功精,
喷火吐烟称圣婴。
杀败悟空擒八戒,
终归南海可长生。
（打一《西游记》人物）

骷髅魔法变人形,
老妇村姑戏圣僧。
逼走悟空施杀着,
金箍棒下得严惩。
（打一《西游记》人物）

年来三月蟠桃会,
摆宴瑶池聚众仙。
尊贵威严谁得似,
主人本是美婵娟。
（打一《西游记》人物）

曾奉玉皇旨,
下凡收悟空。
慈眉多善举,
出入帝门中。
（打一《西游记》人物）

四大名著谜语

有个国家真怪奇，
只诛和尚不诛尼。
君王许愿万名死，
大圣神通解杀机。
（打一《西游记》地名）

兜率宫于离恨天，
位尊道教法无边。
弘扬正气驱邪恶，
尤爱炼丹炉火前。
（打一《西游记》人物）

天王次子慧心重，
南海观音收作徒。
点化红孩和悟净，
唐僧得助取经途。
（打一《西游记》人物）

皇上失娇妻，
三年病不离。
请来孙大圣，
妙药胜良医。
（打一《西游记》人物）

四大名著谜语

被囚山洞整三年,
思国思君忧郁牵。
幸有宝衣能护体,
洁身如玉自当然。
(打一《西游记》人物)

苦修才有术,
虎鹿结成盟。
隔板睹猜物,
心邪终丧生。
(打一《西游记》人物)

皇家寺院唐僧梦,
君主冤魂来诉冤。
义弟凶残谋帝位,
霸吾妻子占家园。
(打一《西游记》人物)

本是山中一大虫,
国师封号靠魔功。
剜心祈雨双双败,
露出原形命也终。
(打一《西游记》人物)

四大名著谜语

天蓬元帅错投胎,
变得肥头大耳来。
惯使钉耙多利齿,
行为举止半如呆。
（打一《西游记》人物）

猴子群居处,
风光亦美哉。
鲜桃岗上熟,
岭下杜鹃开。
（打一《西游记》地名）

五庄观内勤修炼,
袖里乾坤法力精。
曾与悟空争斗苦,
前嫌后释做盟兄。
（打一《西游记》人物）

人参果在后园栽,
大圣师徒借宿来。
树毁果偷罹大祸,
观音施法再花开。
（打一《西游记》地名）

四大名著谜语

bā bǎi lǐ kuān liú shuǐ jí
八百里宽流水急,

wú zhōu wú jí dù tángsēng
无舟无楫渡唐僧。

lǎo guī xiào lì bù cí kǔ
老龟效力不辞苦,

fù mǎ zài rén bō làng líng
负马载人波浪凌。

（打一《西游记》地名）

fēng fēi dé chǒng yào jiā mén
封妃得宠耀家门,

sān zǎi lóng ēn bàn shèng zūn
三载隆恩伴圣尊。

huā hǎo kān jiē nán jiǔ yuǎn
花好堪嗟难久远,

shēngōng yù yuànzàngfāng hún
深宫御苑葬芳魂。

（打一《红楼梦》人物）

xiāng cūn lǎo fù yì tiān zhēn
乡村老妇亦天真,

jiǎ mǔ jiāng yī dàng guì bīn
贾母将伊当贵宾。

wèi dé jǐn yī hé yù shí
未得锦衣和玉食,

yī rán tǐ jiàn gèng jīng shén
依然体健更精神。

（打一《红楼梦》人物）

róngmào měi rú xiān
容貌美如仙,

duō cái jiān huì xián
多才兼慧贤。

fū jūn piān chū zǒu
夫君偏出走,

jīn yù qǐ liáng yuán
金玉岂良缘?

（打一《红楼梦》人物）

113

四大名著谜语

承接父兄业,
权倾曹魏时。
心思谋帝位,
其意路人知。
（打一《三国演义》人物）

文武双修胆识高,
江东不愧是英豪。
周郎莫逆成知己,
赤壁同心能破曹。
（打一《三国演义》人物）

谋略超凡斗孔明,
平分秋色有输赢。
多疑误中空城计,
千古何堪留骂名。
（打一《三国演义》人物）

七步吟成煮豆诗,
个中寓意亦相宜。
才情敏捷古今有,
难比此君来得奇。
（打一《三国演义》人物）

四大名著谜语

南阳一布衣，
博学识天机。
前后出师表，
忠心于此归。
（打一《三国演义》人物）

白马银枪将，
重围救主归。
曹营多好汉，
谁有此人威。
（打一《三国演义》人物）

谁过五关诛六将，
酒温未冷斩华雄。
美中不足性高傲，
失了荆州命也终。
（打一《三国演义》人物）

丈八长矛勇过人，
桃园兄弟做君臣。
只缘性暴杀身祸，
正是刘家失败因。
（打一《三国演义》人物）

四大名著谜语

白马银枪若子龙，
将门后裔足称雄。
割须弃袍追曹操，
夜战张飞力未穷。
（打一《三国演义》人物）

白发苍苍将，
领兵责在肩。
定军山御敌，
力斩夏侯渊。
（打一《三国演义》人物）

本是将门种，
江湖沦落身。
卖刀罹大祸，
枪法妙如神。
（打一《水浒传》人物）

景阳打虎显威名，
除恶惩奸壮士情。
辗转多年归水泊，
六和寺里隐豪英。
（打一《水浒传》人物）

四大名著谜语

手持双板斧，
耿直尤粗鲁。
尽孝接慈亲，
山中屠老虎。
（打一《水浒传》人物）

八十万军名教头，
超群武艺若恒侯，
无端祸起犯高俅。
手刃帮凶风雪夜，
山神庙外识奸谋，
梁山聚义展鸿猷。
（打一《水浒传》人物）
【调寄浣溪沙】

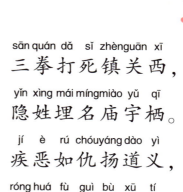

三拳打死镇关西，
隐姓埋名庙宇栖。
疾恶如仇扬道义，
荣华富贵不需提。
（打一《水浒传》人物）

惯使两钢鞭，
从征辽国勇争先。
水泊足称贤。
（打一《水浒传》人物）

图书在版编目（CIP）数据

谜语大全／郑育斌著．—北京：机械工业出版社，2017.11（2023.4 重印）

ISBN 978－7－111－59225－9

Ⅰ．①谜… Ⅱ．①郑… Ⅲ．①儿童文学-谜语-汇编-中国 Ⅳ．①I287.7

中国版本图书馆 CIP 数据核字（2018）第 035443 号

机械工业出版社（北京市百万庄大街22号 邮政编码100037）
策划编辑：郎 峰 邵鹤丽 责任编辑：郎 峰 邵鹤丽
责任印制：张 博 责任校对：杨 凡
三河市国英印务有限公司印刷
2023 年 4 月第 1 版·第 6 次印刷
170mm×240mm·7.75 印张·98 千字
标准书号：ISBN 978－7－111－59225－9
定价：29.80 元

电话服务 网络服务
客服电话：010－88361066 机 工 官 网：www.cmpbook.com
　　　　　010－88379833 机 工 官 博：weibo.com/cmp1952
　　　　　010－68326294 金 书 网：www.golden-book.com
封底无防伪标均为盗版 机工教育服务网：www.cmpedu.com